ÉCONOMIE.

PAR M. D. L. G.

TOME XV.

PARIS,
A. PIHAN DELAFOREST,
IMPRIMEUR DE LA COUR DE CASSATION,
Rue des Noyers, n° 37.
1830 — 1831.

TABLE

DES OUVRAGES CONTENUS DANS CE VOLUME.

FIN DE LA TABLE.

DE

LA LOI ÉCONOMIQUE.

> La production agricole aurait grand besoin qu'on diminuât ses frais et qu'on lui laissât plus de capitaux ...
>
> Il faut que la production agricole se développe dans la même proportion que la production manufacturière, pour qu'elles se paient mutuellement. (M. LAFFITTE, 13 *juillet* 1829.)

PARIS,
A. PIHAN DELAFOREST,
Imprimeur de la Cour de Cassation,
RUE DES NOYERS N° 37.
1830.

Cet écrit est le résumé, le sommaire de plusieurs brochures distribuées aux membres des deux chambres.

EN 1830.

Enquête analytique sur les vins.
Du remboursement et de l'amortissement.
Des douanes sous le rapport fiscal.
De la limite de l'impôt.
Des conditions de l'impôt.

EN 1829.

De l'impôt sur les vins, les cotons, les sucres.

De la matière imposable au sujet de la taxation des sels.

De quelques révolutions dans l'ordre économique.

Du vote de l'impôt.

Ils veulent être libres et ne savent pas être justes ; ainsi parlait jadis le fameux Sieyes.

Ils n'ont pas su être justes et ne sont pas restés libres : ainsi il aurait à parler bientôt.

Le régime de la liberté ne comporte pas l'emploi de la force : il est tenu de se mettre à l'usage de la raison.

Etant impuissant à contraindre les volontés, il lui faut être habile à convaincre les opinions.

Or, la raison philosophique est sèche, est abstraite : l'esprit vulgaire la rebute, le sophisme s'en joue.

Encore la raison politique est vague et équivoque : c'est une arme à deux tranchans, sous la main des factions.

Seulement la raison économique porte un sens clair et net : elle parle aux intérêts, elle est entendue par eux.

Mais les intérêts sont multiples, sont distincts, contrastans : et la raison transcrite en loi, doit être une, être commune.

Il n'est moyen de la faire agréer à ce titre, qu'en balançant tous les intérêts, selon leur mérite absolu, d'après leurs droits corrélatifs.

Et voilà la justice.

Tel intérêt privé qui se serait révolté contre un intérêt rival, cède devant le bien public.

Tel intérêt qui aurait résisté à un sacrifice spécial, se soumet à un sacrifice général.

Sous la justice, l'instinct moral, dont aucun homme n'est tout-à-fait dépourvu, empêche de se plaindre.

Par la justice, le poids qui est réparti sur la totalité

des moyens, en proportion des moyens, se laisse à peine sentir.

Que si, au contraire, l'iniquité est légalisée; d'abord les intérêts lésés tombent en souffrance, entrent en haine.

Puis, les intérêts favorisés poussent en prétentions, et luttent, combattent entr'eux.

L'un ou l'autre triomphe, domine, subjugue.

Il se tient pour le premier, pour le seul.

Vraiment il est seul: et seul il ne se défendra pas contre tous.

De là, les révolutions de toute sorte, dont le terme n'est pas près d'arriver, dont l'ère commence à s'ouvrir plutôt.

Qu'on prenne garde d'apprendre trop tard, de quel point obscur, par quel hideux mode, elles ont maintenant à percer, à éclater.

Les maximes de l'ordre économique, subsistent à travers les phases de l'ordre politique.

Qu'il y ait une constitution monarchique ou une monarchie constituée, l'intérêt, le devoir ne changent pas.

L'intérêt de la richesse nationale, le devoir de la justice relative qui se rallient étroitement, commandent de même.

Comme aussi, ils sont également sujets à être méprisés.

Deux causes, celle-ci intellectuelle, celle-là matérielle, militent à leur encontre.

En premier lieu, l'esprit de système, l'instinct de routine, qu'entretiennent la vanité et la paresse, exercent une influence occulte:

L'un et l'autre ayant le vice radical de poser des principes fixes, stationnaires; alors que les faits se montrent variables, progressifs.

Vainement les siècles passent.

En politique, on est sourd à l'expérience des temps: en économie, on est aveugle à la nouveauté des faits.

Là, on se hâte, on se précipite vers un avenir

encore à naître : ici, on s'arrête, on recule devant le présent déja accompli.

En second lieu, les sens ne sont frappés que de ce qui apparaît ; l'esprit n'est attiré que par ce qui brille.

La capitale et les villes maritimes ou fabricantes absorbent l'attention : la pensée ne perce pas au sein des provinces, des campagnes.

On presse à grands frais la maturité des fruits : on omet de soigner l'arbre, de protéger le germe :

Et la production éparse, la consommation modique, sont privées d'organes.

Tandis que les entreprises majeures, que les monopoles industriels n'ont pas même à se plaindre, se font plutôt craindre.

Les moyens existent en raison inverse des droits, des besoins : l'inique puissance triomphe de la faiblesse méritante.

C'est ainsi que le gouvernement vient à manquer à sa tâche capitale, d'entendre raison, de rendre justice.

Dans la vue de l'y ramener, le vrai a été exposé dans plusieurs écrits, et ne sera rappelé ici qu'au sujet de l'impôt.

Le gouvernement influe par la voie de l'impôt, plus que par toute autre, sur l'aisance privée, et donc sur la richesse publique.

Le travail est leur principe générateur.

Aussi la loi, la seule loi de l'impôt consiste à ne pas réduire ses alimens, à ne pas affaiblir son instrument.

Ses alimens, ce sont les matières : son instrument, c'est l'homme.

De là, les matières productibles doivent rester exemptes de toutes taxes.

De là, l'homme producteur doit être quitte de toute charge, en deçà du fond d'entretien de la vie.

Sous le premier rapport, il n'y a que la question d'utilité.

Sous le second, les motifs d'utilité et d'équité, se réunissent, se soutiennent.

L'homme a le droit de vivre ; c'est un crime d'y attenter.

L'homme a la faculté de produire ; c'est une faute de l'entraver.

Le devoir, l'intérêt sont trahis en même temps.

Deux maximes sacrées en dérivent.

Quand les conditions de la vie sont à peine suffisantes, nul impôt n'est applicable.

La contribution mobilière et celle des portes et fenêtres, doivent rencontrer une limite, comme il est facile.

La contribution foncière est sous la même obligation, autant qu'il est possible.

Pour celles-ci, pour celles-là, la matière imposable ne se rencontre que dans l'excédant des nécessités.

Comme les conditions de la vie sont fort différentes, tout impôt doit être fractionnaire.

Le tarif absolu frappe disproportionnellement, sur l'acte ou le fait relatif.

C'est avec raison que la contribution personnelle, que celle des portes et fenêtres et des patentes, varient de chiffre, suivant les circonstances du pays.

C'est à tort que certains droits de timbre et d'enregistrement, sont fixes.

Le tort est le même, quant aux droits sur les objets dont l'emploi est commandé en quantité égale.

Il existe donc un grand nombre de taxes abusives, oppressives, sous le point de vue personnel.

Sauf quelques exceptions, chacune prise à part est peu sensible, et toutes saisies en masse sont ruineuses.

Dans les exceptions, il faut citer la contribution foncière, quant aux petites cotes: d'autant que l'expertise primordiale a souvent confondu les fruits du travail avec les fruits du sol.

Il faut citer la taxe du sel, qui se résout en un impôt personnel, en une capitation, sans exemption ou plutôt avec aggravation pour les classes misérables.

A 4 sous la livre au détail, à cause des risques du déchet, la charge monte à 3 fr. par tête, à 15 fr. par famille.

Sous le titre formel de la contribution personnelle, le fisc n'ose réclamer que trois journées de travail, que 30 sous, des chefs de plusieurs millions de familles.

Sous le faux titre d'une taxe indirecte, il ravit à chacun d'entr'eux, le décuple.

Et à l'égard de trois millions de chefs, cette charge fixe est ajoutée à la charge fractionnaire de l'impôt foncier, qui déja empiète souvent sur les nécessités.

De plus, en tant que propriétaires-cultivateurs, la taxe exorbitante de la denrée leur ferme les emplois les plus propices.

Portant un double dommage, elle vient pressurer la récolte actuelle et amaigrir les récoltes futures.

L'absurdité suit l'iniquité : la richesse publique se trouve lésée aussi bien que la justice relative.

La somme de travail fléchit, attendu que son instrument, que l'homme producteur n'est pas entretenu en force.

Les valeurs du travail déclinent, attendu que ses alimens, que les matières productibles sont soustraites aux emplois offerts.

Le sel convient à l'engrais des terres, à l'entretien des bestiaux : proportion gardée, c'est comme si le fumier, le foin et le son étaient surtaxés.

Il faut abolir l'impôt sur le sel.

En se bornant à le réduire, la justice ne serait qu'à demi satisfaite, la richesse publique serait à peine améliorée.

A défaut d'épargnes équivalentes, divers moyens de remplacement se présentent.

En France, la mine de la matière imposable n'a été qu'effleurée jusqu'à présent : les habitudes, les manies, les intrigues se refusent à explorer ses plus précieux filons.

Naturellement, la part de l'impôt acquittée par les prolétaires devrait être reportée au compte de la contribution personnelle et mobilière.

L'impôt est infligé sous un mode progressif, à rebours des moyens : il serait établi aussi sous ce mode, en raison des moyens.

Et la part payée par les petits propriétaires, devrait être répartie sur la masse totale de la contribution foncière.

Ici, au lieu de suivre le mode progressif, seulement un fonds de dégrèvement viendrait au secours des parties accidentellement souffrantes.

Une ébauche de ce plan est tracée ci-après.

Si l'esprit de système y répugne, l'agiotage ou le monopole auront à se soumettre.

Dans la vérité, la subtile manœuvre de l'amortissement n'est mise en jeu qu'au profit des spéculateurs, ne travaille qu'à la ruine des créanciers de l'État.

En réduisant le fonds au tiers, on sauve les rentiers, on sert les contribuables, on se rend à la justice, on aide à la richesse publique.

On entre dans la voie des circonstances actuelles; on épargne à l'avenir, des catastrophes autant ou plus funestes.

Dans la vérité, la hausse des droits sur les cotons, sur les sucres, etc., n'est repoussée que par les manufactures et par les colonies, ne tendrait qu'à favoriser la production indigène.

En élevant les uns au quadruple, et les autres d'un quart, on nuit à peine à l'industrie, on pèse peu sur la consommation, on ranime la culture et la petite fabrique.

En rapprochant les taxes des sucres coloniaux et étrangers, on donne aux créoles, une leçon salutaire, on les prépare aux périls du tems.

Le type de la contribution personnelle, ainsi que le tarif des portes et fenêtres, des patentes, varie selon les lieux.

Le prix de la journée de travail, qui indique le montant des frais d'existence, lui sert de mesure.

C'est que l'impôt s'acquitte en monnaie et que la monnaie est seulement un signe d'échange.

D'où le chiffre de l'impôt doit être proportionné à la quantité de valeurs réelles que représente la valeur nominale.

De plus, la contribution personnelle tient de l'impôt progressif, en ce que les indigens n'y sont nullement soumis.

Une nécessité de premier ordre, en dictant cette prescription, ouvre la voie devant les nécessités de second ordre qui s'apprêtent à parler.

Quelque jour, on verra d'une part, la contribution personnelle, s'élever en raison de l'excédant disponible.

On verra, d'autre part, les taxes indirectes, se concentrer sur les matières destinées aux jouissances.

Il sera compris que l'impôt, s'il n'est pas progressif dans le droit sens des moyens, devient progressif en sens inverse des ressources.

Cependant, la taxe du sel est subie sous un chiffre fixe, par les pays riches ou pauvres, par les êtres riches ou pauvres.

Que la journée de travail soit à trois francs ou à dix sous, c'est tout de même; que le contribuable soit dans l'opulence ou dans l'indigence, c'est tout de même.

La taxe étant assise sur un objet de nécessité

absolue, ne peut être considérée comme un impôt de consommation, dont le caractère est d'être libre et relatif.

La taxe constitue une capitation réellement perçue, à des termes réguliers, à l'occasion de l'achat de la denrée.

Et cette capitation ne se borne pas au défaut ordinaire de prélever une somme égale sur les fortunes les plus inégales.

Par une exception unique, sa charge est augmentée, en proportion de la misère, dont les alimens grossiers exigent d'autant plus l'emploi du sel.

Entre cette capitation et la contribution personnelle qui présente aussi une capitation, le contraste est donc tranchant.

Le mode progressif est suivi de même ; mais ici dans l'ordre d'ascension ou en droit sens, et là dans l'ordre de déclinaison ou à rebours.

Même en blamant l'un et l'autre, au moins on ne peut balancer sur le choix.

On ne peut se refuser au moyen de l'extension du principe déja admis dans la contribution personnelle, à obtenir l'annulation des résultats produits par la taxe du sel.

Passons à la contribution foncière.

Le mode progressif ne s'y retrouve pas, car

aucune exemption n'a lieu en faveur du dénûment.

La loi n'a vu, n'a saisi, n'a apprécié que la chose, sans se douter que derrière la chose, il y avait l'homme.

La chose ou la terre a été taxée suivant la méthode mathématique ; bien que la terre ne dénote qu'une abstraction, ne passe à la réalité qu'en tant que ses fruits servent à l'entretien de la vie.

Suivant que la terre jette peu au-dessus, ou au pair, ou au-dessous de la somme des nécessités, l'impôt soustrait une plus ou moins forte fraction de vie.

C'est-à-dire qu'il réduit à la fois, la puissance et la durée, le travail et l'œuvre de l'homme.

Peut-être un tel vice est de sorte radicale, de nature essentielle, de manière à ne pouvoir être qu'adouci, qu'atténué, par la pratique judicieuse des dégrèvemens.

Mais le sort a voulu que le vice fût aggravé, fût exagéré souvent jusqu'au quadruple, par l'effet de la taxe du sel.

Tel paysan possède un bien dont le revenu net ou la rente est de 20 à 100 francs, à peine ayant de quoi faire vivre sa famille.

En premier lieu, il paie à titre d'impôt foncier, de quatre francs à vingt francs, dont le coût lui revient plus haut, à cause des ventes obligées hors de saison.

En second lieu, il paie à titre de taxe sur le sel, quinze francs par moyen terme, sauf que la misère ne l'empêche de satisfaire aux premiers besoins (1).

Le revenu net étant de cent francs, vingt francs et quinze francs enlèvent plus du tiers, laissent 65 francs.

Le revenu étant de 50 fr., 10 fr. et 15 fr. enlèvent la moitié, laissent 25 fr.

Le revenu étant de 20 fr., 4 fr. et 15 fr. enlèvent les dix-neuf vingtièmes, ne laissent que 1 fr.

La progression est rapidement accélérée.

Or, que la taxe du sel soit abolie.

Pour un revenu de cent francs, on paiera vingt fr., on gardera quatre-vingts fr.;

Pour un revenu de 50 fr., on paiera 10 fr., on gardera 40 fr.

Enfin, pour un revenu de 20 fr., on paiera 4 fr., on gardera 16 fr.

Il y aura 80 fr. au lieu de 65 fr.; 40 fr. au lieu de 25 fr.; 16 fr. au lieu de 1 fr.

---

(1) La famille est supposée de cinq têtes : chaque tête requiert quinze livres de sel, eu égard à la sorte des alimens; la livre se débite à 4 sous, en sus du prix naturel, à raison des risques du déchet.

Il y aura les quatre cinquièmes au lieu du tiers, de la moitié, du vingtième.

Cela n'est-il pas décisif?

Maintenant, la taxe du sel donne un produit net d'environ 56 millions, dont le trésor peut bien sacrifier six millions.

Il faut pourvoir au remplacement de 50 millions, dont la charge est inégalement répartie entre trente millions de têtes (1).

Les familles de petits propriétaires montant à quinze millions d'individus, et de prolétaires de campagne montant à la moitié, contribuent en plus forte proportion que les prolétaires de ville.

Les propriétaires seuls subviennent pour 30 millions, et les prolétaires réunis pour vingt millions.

Ainsi, 30 millions devraient être pris sur l'impôt foncier, 20 millions sur l'impôt personnel et mobilier.

Ce dernier fournit 40 millions.

On doit obtenir 10 millions de plus, en le transformant en impôt de quotité, dont la recharge

---

(1) On ne fait pas mention des deux millions de personnes aisées.

On met de côté le montant des frais de régie, et l'excédant du prix de débit.

sera compensée pour les petites cotes, par la décharge de la taxe du sel.

On obtiendra 10 millions encore, en le combinant sur une échelle lentement progressive, à partir du point des cotes moyennes; au contraire des taxes somptuaires qui rencontrent une trop faible matière imposable.

Le premier fournit 250 millions en somme.

D'abord, 5 millions environ peuvent être acquis, en portant la contribution foncière des maisons, au niveau de celle des terres.

Il suffira donc d'élever d'un dixième les cotes actuelles, d'établir dix centimes additionnels sur le total ou seize centimes sur le principal.

Une telle quotité n'équivaut pas à la moitié des dégrèvemens accordés depuis dix ans; dont le seul bienfait fut de soulager les pays surtaxés et ne sera point compromis.

Il y aura recharge de l'impôt foncier, et décharge de l'impôt salin.

Pour la cote de 20 fr., celle-là sera de deux francs et celle-ci de 15 francs, donnant une remise de 13 fr.

Pour la cote de 100 fr., dix francs de plus, quinze francs de moins, laisseront un bénéfice de cinq francs.

A 150 fr., il y aura balance.

A 300 fr., le sacrifice sera de 15 fr., d'un centième de la rente.

A 1000 francs, il sera de 85 fr., d'un soixantième de la rente.

A 3000 francs, il sera de 285 fr., d'un cinquantième de la rente.

L'évènement instruit et sert.

Les faits seuls raisonnent, à la portée des esprits faux.

Dans les temps, il fut tenté vainement d'éclairer sur le cours et la fin du trois pour cent.

L'œil fixé sur l'Angleterre, on prétendait atteindre à des résultats pareils, en partant des données les plus contrastantes.

A vrai dire, là, tout est capital; ici, tout est revenu.

Là, l'industrie a des progrès rapides : ici, la culture n'a que des progrès lents.

Le trois anglais est de création primordiale, issu de la nature, gardant son prix sans efforts, habile à soutenir les emprunts.

Le trois français est d'invention artificielle, naissant à l'ordre, se maintenant à grands frais, incapable de supporter le moindre revers.

Enfin, la preuve s'est fait jour.

On a vu le trois baisser de 20 francs, tandis que le cinq n'a fléchi que de 10 francs.

C'est que l'intérêt du fonds doit commander le prix en dernière analyse : c'est que le cours du capital était enflé outre mesure, par l'appât de la hausse.

Le fonds montait à 40 millions environ : on rachetait 3 millions par an; il était absorbé dans treize années.

Ainsi que l'emprunt royal d'Espagne, il devait s'élever exorbitamment, il devait être précipité soudainement.

Les troubles en ont été la cause : un emprunt aurait eu le même effet.

Quand les fondemens sont peu solides, plus l'édifice est exhaussé, plus il est exposé.

Que s'ensuit-il déja?

Pendant cinq ans, le trois a dévoré 400 millions : après cinq ans, son cours se retrouve au même taux.

Il a été payé 400 millions par le trésor : il a été ravi 5 ou 600 millions, à cause des profits naturels, à la richesse publique.

Dix-huit millions de rentes achetées, reviennent au denier 30 : 18 millions de rentes empruntées reviendraient au-dessous du denier 20.

Il y a perte sèche de 200 millions et plus.

Que s'ensuivrait-il désormais?

En admettant de vils prix, la dépense serait nominalement inférieure, les achats seraient relativement avantageux.

Mais le cours de la bourse dénote le cours de la richesse publique : une dépense moins forte serait plus pesante; des achats moins chers seraient plus coûteux.

En supposant des prix hauts, le calcul se perd dans ses chiffres.

Le cinq étant réduit à quatre, même à trois, il reste un fonds de cent dix millions.

Or, l'habitude confirme, et les besoins commandent le placement en fonds publics.

Il faudrait courir après la rente, jusqu'au denier 35 et 40.

Il faudrait aller au-delà de quatre milliards, attendre au terme de cinquante ans, pour que la dette fût éteinte.

Laissons là les rêves.

Le prestige est évanoui : en aucun sens, le prestige ne ressuscite.

Nous entrons dans l'ère rude et dure de la réalité : nous sommes tenus à subir ses phases de plus en plus menaçantes.

Au moins, quant au crédit, toute révolution est fatale : après celle de 1688, vingt ou trente ans suffirent à peine pour le rappeler, le fixer.

On peut encore comploter une réduction de

rentes à la manière de 1797 : on ne peut plus la proposer sous les formes de 1824 et 1825.

Toute offre simulée de remboursement ne rencontrerait que mépris et risée.

Dès-lors, le cinq reprend le niveau : s'il se tient à 100 francs, le trois est repoussé peu à peu devers 64 francs.

L'amortissement échoue à en forcer le cours : le prix du cinq s'élevant en proportion, il lui faut soutenir cent-soixante millions de rentes.

L'amortissement a poussé le trois, de 65 à 85; il n'enlèvera le trois et le cinq en masse, que de 5 fr. au lieu de 20 fr.

C'était folie d'entreprendre ; ce serait bêtise de poursuivre.

Et l'occasion se prête à lever le plus puissant motif de répugnance.

Il en devait coûter pour prendre une mesure tendante à déprécier la valeur accoutumée du fonds.

Cette valeur étant abaissée par la force des choses, l'intérêt privé n'est plus à considérer.

Au reste, l'amortissement, le remboursement sont liés : c'est le moyen et c'est le but ; le moyen n'a en vue que le but.

Or, le remboursement est illicite, comme l'amortissement est ruineux

L'idée en a été donnée par l'exemple de l'Angleterre.

On aurait dû remarquer que le droit y est stipulé de tout temps dans les actes d'emprunt.

En France, au contraire, il n'était pas même sous-entendu; jamais une telle mesure n'avait eu lieu.

Aussi les argumens se réduisent à l'autorité de l'art. 1911 du code civil.

Lequel article ne fût point compris dans le sens des dettes de l'État, ne fût pas doué d'un effet rétroactif sur les dettes anciennes.

Lequel article est annulé par l'art. 70 de la charte.

« La dette publique est garantie; toute espèce d'engagement pris par l'État avec ses créanciers, est inviolable. »

Encore, qu'est-ce que dit l'art. 1911?

« La rente constituée est essentiellement rachetable. »

Les particuliers ont telle dette plus gênante que telle autre : ils sont en droit de faire le choix.

Mais l'État n'a qu'une seule dette, qu'une dette homogène, indivisible : il n'a pas titre pour choisir entre l'un ou l'autre rentier, entre l'un ou l'autre emprunt.

Il n'a pas titre pour rembourser par série : car

rien ne garantit qu'il soit en mesure de continuer dans cinq ans, dans dix ans.

Les créanciers ajournés sont ainsi tenus en un état de perplexité.

Par le fait, les uns ont été remboursés, les autres ne le seront pas, bien que leur droit soit identique.

De plus, les particuliers prennent soin, avant de rembourser, de se procurer les fonds suffisans.

Nul d'entre eux, étant chargé de cinq cent mille francs de dettes et s'étant épuisé pour ramasser vingt mille francs, n'a l'impudence de faire des offres réelles.

De cinq milliards à deux cents millions, le rapport est le même que de cinq cent mille francs à vingt mille francs.

Le refus serait de même unanime, si la masse des créanciers était constituée en association pour s'entendre, se défendre.

L'autorité n'en impose, ne trompe et ne ruine, qu'en travaillant sous les ténèbres.

A l'égard de l'amortissement, il convient de prendre leçon d'un pays plus expert en semblable matière.

En Angleterre, le fonds d'amortissement a été élevé pendant la guerre, a été maintenu jusqu'à la fin, au taux de douze et quinze millions sterlings.

La paix arrive, et à la fois fournit plus d'alimens à l'impôt, laisse moins de valeur aux capitaux.

Mais aussi, le besoin des emprunts a cessé, et la hausse des fonds augmente le coût des rachats.

Dès-lors, l'amortissement est réduit peu à peu, est limité bientôt au-dessous de deux millions.

On pouvait le soutenir au même taux en prolongeant *l'income tax :* on a préféré abolir cet impôt, le plus équitable, le plus profitable qu'il y eût.

L'amortissement anglais, n'atteint pas au quinzième de la rente, au quatre centième du capital.

L'amortissement français dépasse les deux cinquièmes de la rente, le cinquantième du capital.

La différence est de six et huit, à un.

Et en ce pays, le capital de la dette est octuple, le montant des subsides est double : en ce pays, le crédit est indispensable en cas de guerre.

C'est que le génie a inventé le moyen en vue des besoins, l'a délaissé au terme des besoins.

C'est que le génie s'est aperçu que l'emploi du fonds donnait seulement 3 et demi d'intérêt à la richesse fiscale, et donnerait de 6 à 10 de profit à la richesse agricole ou industrielle.

Qu'on écoute lord Lansdown (mars 1830).
« Retirez le fonds d'amortissement en totalité et

« faites-en ce qu'il vous plaira ; mais garantissez « en même temps, que l'industrie ne soit point « entravée par aucune taxe : pour le repos des « créanciers, pour le maintien du crédit, c'est « la sécurité la mieux fondée, la plus durable. »

L'amortissement a pour fins, d'alléger le poids de l'impôt, d'élever le taux du crédit, le tout pour l'avenir.

Or il se consume en peines vaines, en faux frais.

Quant au crédit, au terme de dix ans, le cinquième de la dette est absorbé, fraction presque insignifiante.

A l'avènement d'une guerre ou d'une révolution, la baisse du cours n'est pas atténuée d'un dixième.

Trente millions de rentes ont été rachetés au prix de huit cent millions : trente millions de rentes seront négociés pour la somme de 550, au lieu de 500 millions.

Quant à l'impôt, il est diminué de trente millions, comme aussi le revenu est diminué de soixante millions.

Pour la richesse publique, pour l'aisance privée, il y a un déficit de trente millions.

Les huit cent millions eussent fourni en accroissement de profits, le double de ce qu'ils ont rapporté en décroissement d'intérêts.

Car la culture, la fabrique, le commerce, armés du travail, jettent en produits, entre le vingtième et le dixième des capitaux. (Note.)

Paris a été fait le centre sous les rapports intellectuels, et s'est fait le centre sous les rapports politiques, économiques.

La puissance suscite la volonté : la volonté méprise le devoir.

Paris seul brille sur l'horizon ; une épaisse brume couvre les provinces : quelques ports, quelques îles, quelques fabriques s'échappent à peine des ténèbres.

La France est agricole, aux neuf dixièmes ; Paris équivalent au dixième, est capitaliste.

Et le dixième prévaut sur les neuf dixièmes : la ville est tout ; le pays n'est rien.

De là, le système du crédit qui ravit d'un bord, des fonds produisant de 6 à 10 pour cent de profit, et opère de l'autre bord, leur placement, à 4 pour cent d'intérêt.

De là, le système des douanes qui se refuse à taxer les cotons au pair de leur minime valeur, sans servir l'industrie, et en nuisant à la culture.

De là le système des colonies qui s'obstine à maintenir une taxe prohibitive en leur faveur, au lieu de les émanciper, de les délivrer du monopole.

Car à l'égard des fonds publics, l'immense majorité des rentiers, la totalité des spéculateurs, tiennent à Paris.

Et quant aux manufactures, les capitaux dérivent de Paris, les bénéfices retournent à Paris.

Et quant aux îles à sucre, les colons puissans résident et dominent à Paris.

Si bien que Paris, y compris la banlieue accessoire, dévore 160 millions des tributs du pays, rejette 160 millions à la charge du pays.

Certes, la force des choses qui se manifeste par la voie des guerres ou des révolutions, ne manquera pas d'opérer tôt ou tard les plus précieux *sauvements*, suivant l'expression anglaise.

C'est en se prêtant à la réforme, qu'il y a moyen d'en adoucir, d'en prévenir peut-être le coup.

Dès à présent, cinquante millions sont à retirer du fonds d'amortissement, dont le reste travaillerait à soutenir le cours chancelant du trois pour cent.

Vingt millions sont à prélever sur les cotons, en portant le droit à moitié de leur valeur, ce qui relèverait le prix avili de la marchandise.

Dix millions sont à retrouver sur les sucres, en diminuant d'un tiers, la différence entre la taxe et la surtaxe, de sorte à donner aux colons, une leçon d'économie et d'industrie.

Sans parler de dix millions à percevoir, en haussant le tarif des douanes, sur toutes les denrées du tropique.

Il n'y a rien à dire sur cette dernière mesure, qui renchérirait d'un dixième au plus, des objets de dépense modique et de jouissance agréable.

Il a été parlé de l'amortissement.

La question des cotons et celle des sucres restent seules à considérer.

Dans l'une comme dans l'autre, le commerce du dehors est désintéressé au moyen de la restitution des droits.

Au sujet des cotons, la matière brute monte à 50 millions environ, la matière œuvrée monte peut-être à 300 millions.

Les droits sont maintenant de 6 millions; ils seraient alors de 18 millions en sus.

La matière brute n'est tenue qu'aux avances : la matière œuvrée rembourse avec les intérêts.

Trois cent millions de valeurs auraient à payer 18 millions : le prix de vente s'élèverait de 6 pour cent : le calicot hausserait de 20 sous à 21 sous.

L'emploi ne se réduirait que d'un quarantième à cause des habitudes : ou plutôt l'emploi s'accroîtrait annuellement d'un quarantième, au lieu d'un vingtième, par l'effet des progrès de l'aisance.

Sauf que ce fût en conséquence de la pénurie, si l'emploi diminuait en fait des cotons, il augmenterait en fait des laines et des lins.

Et l'industrie se retournerait de ce bord : et la culture s'enrichirait de la fourniture des produits indigènes.

On savait jadis, on saura bientôt que telle est la fin de l'économie politique.

Un jour, la fausse science n'étouffant plus le sens droit, on viendra à taxer les cotons communs, au pair, au double de leur valeur brute.

On en viendra même, si ce n'est à les repousser, du moins à désirer qu'il ne s'en présente plus du tout.

Car la richesse nationale y gagnera : car une matière imposable, de nouveau créée, jaillira du sol, s'offrira aux tributs.

Au sujet des sucres, la fabrication est insignifiante, en raison du capital et du travail, n'est prépondérante qu'à cause des influences.

Le crédit de quelques hommes l'emporte sur l'intérêt des masses agricoles et commerciales.

La consommation est à peine atteinte dans ses ressources, ne se resserre guère dans ses dépenses.

Le sucre brut se vend 16 sous et demi au lieu de 15 sous, un dixième en sus.

L'épargne n'est pas d'un vingtième. L'accroît annuel était d'un vingtième : il s'arrête seulement.

L'intérêt colonial présente plus d'importance. Les faveurs prodiguées ont gâté les créoles ; si on les retirait tout-à-fait, ils seraient perdus.

Mais en rapprochant d'un tiers la taxe, de la surtaxe, la quantité des ventes ne baissera pas d'un sixième, au moyen de ce que les prix s'abaisseront d'un sixième aussi.

Les habitudes ne seront pas rompues sur l'heure : les achats en produits de France rendront des retours obligés.

Quelques colons se récupèreront par l'industrie, plusieurs prélèveront sur les dépenses de luxe.

De sorte ou d'autre, tous seront ainsi préparés autant qu'il se peut, au fatal évènement que doit amener une révolution sociale ou commerciale.

En tout cas, la prolongation de l'existence des colonies est trop chèrement payée au prix du pur sang des Français.

Non-seulement trente ou quarante millions d'impôt sont sacrifiés pour soutenir leur revenu et protéger leur repos.

En outre, des voies avantageuses sont fermées devant le commerce.

Et les produits indigènes ne s'écoulent pas sur le marché général : les produits étrangers renchérissent sur le marché intérieur.

La question ne laisse point de doute, en mettant

en présence, les intérêts de la métropole et des colonies.

Sa solution est encore plus nette, en faisant prévaloir leur intérêt réel, sur leur intérêt apparent.

Sous le rapport pécuniaire, à mesure qu'elle atténuerait les faveurs, la France allègerait les rigueurs.

Elle s'est soumise au monopole des importations : elle a imposé le monopole des exportations.

L'abolition du double monopole, la libération des deux commerces porteraient des bienfaits, à l'usage de l'intelligence et de la sagesse.

Sous le rapport politique, l'émancipation serait opérée par degré.

Qu'on tarde encore : et les îles tombent en proie aux désastres, aux massacres.

Il ne se peut que deux races ennemies se maintiennent en paix, sous l'influence des perturbations de la métropole.

Or, la victoire appartient à la force : le siècle aura son cours, au-delà comme en-deçà des mers.

Qu'on tente plutôt : c'est au moins une chance à se donner quand nulle autre n'existe.

Qu'on tente d'établir un prince pour les deux îles, des chambres dans chaque île.

Le prince voit de haut, voit au loin.

Toutes les classes lui inspirent intérêt, lui aportent profit : les esclaves même attirent ses soins, obtiennent son appui.

Et les chambres prêtent de la force, des lumières, tiennent les agens en respect.

Ainsi, la culture s'améliore, le commerce s'accroît : des lois, des traités règlent et protègent l'une et l'autre.

Cependant, la France n'est plus la métropole, est toujours la mère patrie.

D'une part, elle promet aide, elle donne secours à ses anciennes colonies.

De l'autre, ses enfans y vont chercher du travail, reviennent lui en rapporter les fruits.

La chance est à tenter, ou le coup à subir.

De tout temps, le monopole de Paris eut l'usage d'extorquer une forte part des tributs.

Maintenant l'anarchie des provinces est en mesure d'en dilapider une autre part.

Si le gouvernement cède à la violence du fait, il ne peut se rendre à la puissance du droit.

Et la révolte ne s'arrête pas en ses exigences : elle s'étend, se propage, à la garde des espérances.

De là, ou nul ne paie, rien n'est payé; et la société se débande, se dissout.

Ou les uns paient pour les autres : la faiblesse,

la misère paient à la décharge de la force, de l'aisance. Et la ruine du pays ne tarde pas.

Mais, il y a remède à tout mal : la peine est toujours dans le crime.

Quiconque viole la loi, qu'il soit anathème!

Dans l'état présent des choses, la répression active ne peut s'exercer : il faut recourir à la répression passive.

Autant et plus que le mouvement, l'inertie a sa puissance, son influence.

Est-ce la consommation qui s'insurge? Qu'on ferme l'entrée aux approvisionnemens.

Est-ce la production? Qu'on condamne la porte des écoulemens.

Quant aux vins, Bordeaux lève la bannière. Et dans la vérité, il est le plus perdant.

En ce que les vins naturels du Languedoc et les vins communs de toute la France prennent cours de plus en plus, au détriment de ses vins.

Eh bien! confinez Bordeaux sous les limites de ses rivières, de ses côtes.

Ne protégez plus ses expéditions par mer : ne lui délivrez plus d'acquits à caution.

Retirez les troupes, rappelez les autorités, refusez toutes les dépenses.

Aussitôt la classe moyenne qui est en tête de la révolte, tombera aux pieds de la loi.

Dieu veuille qu'il suffise de parler raison?

Chacun veut être riche plus qu'il n'était, parce qu'il dépense plus qu'il ne faisait.

S'il y a arrêt, surtout s'il y a recul dans la marche de l'aisance, chacun se plaint et blâme.

Et, il ne s'en prend pas à ses œuvres, il ne se soumet pas à la force des choses : les lois seules ont tort.

Pourtant les lois n'ont pas changé et n'étaient pas accusées naguère.

N'importe ! qu'on commence par les abolir ; qu'on libère les vins de tout impôt; qu'on ravisse au trésor une telle rentrée ou qu'on rejette la charge sur d'autres points?

Voici ce qui en résulterait.

Le montant de l'impôt est d'environ cent millions : la matière imposable est de huit cent millions.

En vain on dira qu'un tiers ou un quart seulement de la matière, est soumis à l'impôt.

Alors, les deux tiers ou les trois quarts qui sont exempts, se vendent au prix naturel, se consomment en proportion.

D'où le prix vénal du restant, augmente : et par contre, ses ventes étant moins fortes, leur écoulement est resserré.

Il y a action et réaction. Pour l'effet final, c'est comme si l'impôt était perçu sur la totalité.

Or, l'impôt doit-il être retiré ou remplacé?

Au premier cas, la somme de cent millions laissée aux consommateurs, sera répartie entre divers emplois.

Les habitudes sont prises pour la dépense en vins : des besoins de nécessité égale ou supérieure, ne sont pas accomplis.

L'aliment, le vêtement, le logement, etc., en requerront la moitié et plus.

Quarante millions peut-être seront destinés aux boissons vineuses.

C'est le vingtième de huit cent millions. Il se vendra trois millions d'hectolitres en sus de soixante millions.

La recette montera à quarante millions : le profit net, la rente ne dépassera pas treize millions.

Que sera-ce si l'impôt est remplacé ?

Quelles que soient les personnes condamnées à subir la charge nouvelle, elles paieront autant qu'elles payaient.

Elles n'auront aucun emploi à faire.

Peut-être, si les prix baissent, la tentation viendra les saisir ?

Mais, pour y obéir, il faudrait prendre sur les dépenses accoutumées : et cela ne saurait se prolonger.

Les ventes excédantes n'atteindraient pas un million d'hectolitres ; la recette brute resterait au-dessous de quatorze millions, le profit net au-dessous de cinq millions.

Il y a plus.

Dans l'un et l'autre cas, le fonds épargné sur l'impôt et consacré à l'emploi, tend par moitié, à augmenter la quantité, à élever le prix des ventes.

Et le prix plus haut appelle des produits nouveaux, suscite l'extension de la culture.

A moins de lui imposer des limites, la rivalité s'accroît sur le marché, rétablit le cours au même taux.

Le bénéfice n'a lieu que pour quelques années.

En général, une idée fixe domine les vignicoles : si bien que la hausse ayant succédé à la baisse, les mêmes argumens ne sont plus sortables, et pourtant la conclusion est semblable.

Ainsi que l'astrologue de la fable, ils portent l'œil dans les nues, et ne voient pas à leurs pieds.

Le dommage réel et capital qu'ils éprouvent, tient à la falsification des vins; laquelle resserre leurs débouchés et ramène à l'usage des eaux-de-vie.

Dans les magasins du commerce, dans les caves du débit, cette habitude se répand de plus en plus.

Quant aux cabarets, elle s'accomplit d'autant plus à l'aise dans les lieux exempts d'exercice, comme Paris en donne la preuve.

L'exercice serait profitable à l'écoulement des vins, si la dégustation s'opérait avec autant de soin et d'art que la vérification.

L'exercice le favoriserait mieux encore, s'il était appliqué au commerce en gros, comme à la vente en détail.

En outre, après l'abolition de l'exercice, la concurrence illimitée, en diminuant les bénéfices, exciterait d'autant à ces manœuvres illicites.

Sans dire que la taxe des cabarets établie à 15 pour cent de la valeur, ne revient guère à l'aide de la fraude, qu'à 12 pour cent.

Et que les frais et profits qui sont beaucoup plus hauts, restant fixes, la réduction ne serait pas de 6 à 8 pour cent sur le prix du débit.

Jamais chose aussi étrange ne s'était vue.

Les vins fins se plaignent de l'impôt : et ils ne sont taxés qu'à raison de un à trois francs par hectolitre, au moyen des droits de licence et de circulation.

Ils ne sont taxés en conséquence des droits d'octroi et d'entrée, qu'au même tarif que les vins communs.

Enfin, ils ne sont point taxés à la vente.

Les vins fins réclament contre les envahissemens des vins communs : et l'impôt pèse sur les vins communs en proportion quintuple et décuple.

Attendu que le tarif est fixe à la circulation et

à l'introduction, sans égard aux différens prix.

Attendu que la taxe de 15 à 12 pour cent payable au débit, n'est balancée que par le droit de 2 à 3 pour cent, prélevée pour la licence.

Disons le vrai.

L'homme est l'esclave, le martyre du fait.

Le fait atteint déja, abattra bientôt les riches vignobles, par la raison que la culture s'étend, s'instruit, et que le prix fléchit, que le goût se perd.

Qu'on abolisse l'impôt sur les vins? qu'on leur décerne une prime? le fait sera à peine ajourné, sera d'autant plus aggravé, ainsi que pour les colonies.

Disons le juste.

La production est au service de la consommation.

Celle-ci est seule à considérer : celle-ci se complaît à l'abondance, à la vilité des vins.

Les vins communs l'alimentent pour les neuf dixièmes.

D'où il n'y a motif, il n'y a moyen que de protéger, de soulager les vins communs.

On doit donc détruire le droit de circulation, dont le tarif est fixe, dont la gêne est générale.

On doit élever le droit d'octroi, proportionnellement à la valeur du crû.

On doit délaisser le droit d'entrée appartenant au fisc, ou plutôt le restituer aux villes.

On doit offrir aux villes de s'abonner quant à la taxe des cabarets, et de laisser la vente libre ou de traiter avec les débitans.

On doit régler de même avec les communes rurales, non sans quelque faveur.

On doit établir à un taux modéré de licence, des caves spéciales, où le vin serait vendu à la bouteille et consommé à domicile.

On doit créer un nouveau mode d'exercice, dans la seule vue de déguster les vins, d'empêcher les falsifications.

Ainsi, le trésor ne sacrifierait que 20 ou 25 millions.

Ainsi les vins communs s'écouleraient davantage, et les vins fins ne s'écouleraient ni plus ni moins.

FIN.

NOTE.

D'après le dernier rapport, au 1er janvier 1830, la caisse d'amortissement aura reçu sur les tributs du pays, 580 millions, et sur la vente des bois, 90 millions.

Ses achats se seront élevés pendant quatorze ans à 55 millions de rentes, c'est-à-dire, à 4 millions par an, terme moyen.

Et l'annuité en bénéfice de 4 millions, acquise en 1817, par exemple, vaut suivant la loi de l'intérêt composé ou de l'intérêt des intérêts, au terme de 14 ans, à l'intérêt de 5 pour 100, 80 millions.

Mais il y a aussi la loi du profit des profits.

Une année portant l'autre, l'Etat a contribué sur 670 millions, de 50 millions à peu près.

Laquelle somme, laissée aux peuples, eût fourni un profit annuel de 12 pour 100 d'abord, de 8 pour 100 ensuite, donnant une moyenne de 10 pour 100.

Et l'annuité en sacrifice de 5 millions, payée en 1817, vaut au terme de sept ans, à l'intérêt de 10 pour 100, cent millions.

Au terme de quatorze ans, elle vaut le double, ou 200 millions.

Ainsi, pour l'opération de 1817, le bilan de la richesse publique présente, au 1er janvier 1830, quatre-vingt millions de gain, deux cent millions de perte.

On peut juger pour les quatorze années.

A. PIHAN DELAFOREST,
IMPRIMEUR DE LA COUR DE CASSATION,
rue des Noyers, n° 37.

www.ingramcontent.com/pod-product-compliance
Ingram Content Group UK Ltd.
Pitfield, Milton Keynes, MK11 3LW, UK
UKHW021525260726
13993UKWH00004B/1868

9 782329 338163